Ana Luísa Amaral

MUNDO

ASSÍRIO & ALVIM

Título: MUNDO
© 2022, Ana Luísa Amaral

1ª Edição, 2022

Design: © Porto Editora S. A.

Supervisão de arte: Carlos Renato

Revisão de texto: Alessandro Thomé

Imagem da capa: Paul Klee (1879-1940), *Starker Traum*, 1929.

Dados Internacionais de Catalogação na Publicação (CIP)
(Câmara Brasileira do Livro, SP, Brasil)

Amaral, Ana Luísa
Mundo / Ana Luísa Amaral. - São Paulo:
Autores e ideias: Assírio & Alvim, 2022.
ISBN 978-65-993688-7-5
1. Poesia portuguesa I. Título.
22-106094 CDD-869.1

Índices para catálogo sistemático:
1. Poesia : Literatura portuguesa 869.1
Maria Alice Ferreira - Bibliotecária - CRB-8/7964

ASSÍRIO & ALVIM é um selo editorial publicado no Brasil pela Autores e Ideias Editora Ltda. sob licença da Porto Editora S.A.

Contato: assirioealvimbrasil@gmail.com
@assiriobr
www.assirio.com.br

MUNDO

DO MUNDO

É bom?, *perguntareis.*

A que sabe esta ceia
feita de peixe e vinho,
tão metáforas óbvias
transportadas em cor ao vosso tempo?

Mas não há de ser ceia,
pois que se vê azul atrás de mim,
e as nuvens muito brancas
são de sol

E o peixe jaz, intacto, no prato,
ou seja, não comi:
ainda não comi

Reparai no chapéu, halo inventado,
e nas asas guardadas ao longo
destes séculos,
só que diversas asas, mais modernas,
e eu a sentir-me quase
a fingir cisne

Atentai sobretudo nos meus olhos
fechados,
erguida sobrancelha em êxtase e enlevo

E as minhas mãos cruzadas
que parecem rezar,
mas que de fato dizem,
devagar:

comigo partilhai
deste sossego —

QUASE EM ÉCLOGA, GENTES

A FORMIGA: *PEREGRINATIO*

Ao longo do jardim,
caminha a contramão das outras caminhantes:
as antenas astutas, vida amarga,
ultrapassagens bruscas

De vez em quando,
ressalto de colina no verde pavimento
que ela contorna
como soldado, rasa

Neste momento,
não sei se o oxigênio lhe falha:
exilada do ar,
faz arquejar o corpo e fica como estátua:
a sedução mais pura
à sua frente:

semente pequeníssima
que ela transporta agora, tão esforçada
e delicadamente:
futura refeição para família, amigos,
como ela peregrinos
do quase-nada:

a sua gente

A CENTOPEIA: CENA QUASE BÍBLICA

Uma longa escalada
esforçada a patas mil,
o lavatório feito um Evereste

Eu, feita Deus,
desvelando
a torneira

O Dilúvio instalou-se

Faltava a Arca,
os seus milhares de pares
em primos e parentes:

criaturas sem nome
nem tamanho
de gente

E de repente
as portas do Inferno ali se abriram
de frente para ela,

que deslizou —
múltipla e só —
naquele poço fundo

já desistente agora desta vida,
depois, já noutro mundo,
e depois, já eterna

A PEGA: AS OUTRAS CORES DO MUNDO

No jardim tangente à minha casa
por entre os pássaros
que lhe habitam as árvores e cantam
em trinado desacerto,
vive uma pega

O seu nome não é um nome belo
como andorinha ou rouxinol,
que lembram odes e mornas tradições,
ou como arara, quetzal ou beija-flor,
nomes felizes com as cores inteiras
que o olho humano entende
— e ainda outras
que as entendem eles

Mas ela, elegante no corpo todo negro, a cauda longa,
só laivo a branco leve na asa e pelo peito,
parece que vestiu alta-costura
para voar pelos ramos de outono e
os telhados das casas
que estão perto

Dizem os entendidos
que reconhece ao espelho o seu reflexo,

algo que ao bicho humano
exige anos de vida

Nestes dias tão magros
em que os cavalos de apocalipse e espanto
cavalgam livres, trazendo novas pestes, guerras, fomes,
é um prazer de afago

alegria sem nome
vê-la todos os dias a voar

equilibrista bicolor,
dona do mundo

O PEIXE

É de metal
que ao sol
parece azul
o anzol
que o prende
à morte

E os sons
que pela areia
do verso
o arrastaram
têm o som
metálico
do medo

A ARANHA: ROMANCE OUVIDO NUM JARDIM, POR ENTRE DENSA FOLHAGEM

Adoro as tuas pernas, meu amor,
as mais bonitas que entre folhas vi!
Se as pudesse afagar aqui, e aqui…
Oh, o prazer de as conhecer de cor!

Na sua cor de céu vazio de estrelas
como hão de os pelos delas ser macios!
Destas pernas virão supremos fios
de teias como tule, lisas e belas.

Aranha minha, tesouro viscoso,
a minha dor é não poder tocar-te
no perigo de depois me achares delicioso,
a mim, que desfaleço em êxtase e na arte

de querer tecer-te linhas muito ternas
carregadas de fina sedução
e insistindo contigo a minha sorte:

poder ter-te encostada no meu peito,
dizer-te *tanta perna para tão curto feito*!

Por uma perna tua eu suportava a morte —
toma os meus palpos, patas, linfa, coração.

A ABELHA

A abelha fez
a sua entrada triunfal

neste pequeno pinheiro de varanda
morto há já algum tempo,
colonizado agora
por uma hera de folhas como trevos,
ínfimas flores lilases

As gavinhas da hera ao longo do pinheiro
seco e escuro
cobrem-no quase todo:
uma asfixia em verde
e tons de azul,
e estranhamente bela

Ela, prima-dona de elegante cintura,
sobrevoou o palco
deste céu tingido a primavera

Provou as flores
em exame profundo:
verificou, testou, sedutora infalível,

e em frente a cada uma foi bebendo,
metódica e feliz

Depois, um voo rasante em roda
do pinheiro, uma prova final
a cada flor, talvez rasto de néctar faltasse,
e saiu triunfante

Quando partiu daqui,
transportava nos bolsos
do corpo matizado a negro e ouro
uma porção infinitesimal
de vida

O PAVÃO: O VOO, DO QUE É ÚTIL

Não lhe serve de nada: voa mal,
caminha desairoso e desatento
ao que seja harmonia

Mas o seu leque lembra o paraíso,
esse que se perdeu,
e só por isso ela condescende,
sente calor e frio ao mesmo tempo,
e depois se apaixona

Darwin sabia,
mesmo que não escrevesse poesia,
que a beleza é assim:
sem razão aparente
que a sustente

Mas é por isso que a pena
ali guardada
é como se guardasse o próprio tempo,
o fizesse suspenso
pelas espécies todas:

uma outra forma de voar
sem asas

no cume da paixão

OS PÁSSAROS: ÉCLOGA

É quase de manhã
e os pássaros lá fora,
em volta de canção

Estranha hora
feita de tão pequeno nevoeiro
prestes à limpidez
do céu

É já de madrugada
no silêncio,
mas eles continuam
em volta da canção

Pulsante, o mundo,
mesmo desafinado
de vazio:
querendo cantar

Agora, o sol
soltou-lhe o
coração:

e ele partiu-se,
o mundo,
sobrevoando
a sua outra

paz

O VENTO E A FLOR

a minha japoneira

ganhou
novo sentido

quando o seu som
de luxo oriental

passou
a ser ouvido

GIRASSOL

se pousar nesta folha
um girassol
e o quebrar

o que sobra é o sol
dentro do céu —
parado —

ou o papel
aturdido e em
vertigem?

EXPERIÊNCIAS E EVIDÊNCIAS

OU DE UM QUASE MARÍTIMO PAPEL CHINÊS

Escrevo em papel diferente
de caderno,
organizado em China
e quase seda,
tão belo
que apetece preservar,

a exigir-me linha
sem riscos nas palavras:
um mínimo pincel
apetecido

Mas nos versos
que acabo de escrever,
posso contar: catorze correções,
as vezes em que o lápis
voltou   riscou   voltou
— e outra vez —
ressuscitou depois
palavra assassinada

Não sei que faça com este caderno
antecipando isto:
misto de angústia e risco,

falha de areia em praia ocidental,
ou tocar um golfinho,
sentir-lhe a pele macia,
saber-lhe em dorso
o que o escalpelo faz

Quase concluo
que o que chega da China,
em súbita monção:
traz tudo menos calma
— e muito menos mão firmada em gesto,
a finíssima folha
de grão em caráter

sombrio de mar,
tão longe do Egeu

e do meu céu —

A MESA

A minha pátria
é esta sala que dá para a varanda,
e é também a varanda com as suas flores
que vão e vêm meses fora, e eu vejo luminosas
mesmo quando se tornam cor
de vento triste

A minha pátria
é a toalha branca que me cobre, são os pratos
que sustento todos os dias, os braços
que se encostam a mim,
até a água onde quase me afoguei,
por culpa distraída da mão que no meu corpo
a colocou, mão insensata
esquecida de cuidar

Comecei cedo a conhecê-la,
à minha pátria.
Quando era ainda a paisagem perfumada
das madeiras, irmãs de nascimento, a serração,
o ar coberto de minúsculos fios e pó
tão bem cheiroso, os dedos que depois me tomaram,
tábua larga, me afagaram
com plainas, o verniz, o brilho

tudo isso foi já a minha pátria: pradaria de insetos,
ventos brancos, a seiva viva que corria
nos meus veios, a água que eu bebia para sobreviver,
e que me protegia

Que a mão que agora aqui e sobre mim
se estende
se lembre desta inteira condição comum:
de reino igual viemos, para igual reino
vamos, ela e eu

os átomos que me formam e fizeram
podem ter sido os seus

A FACA

à direita pousada

— docemente —
o gesto de a afagar

os meus dedos
em câmara lenta

ausência de ar
na noite e nesta sala

(e as paredes normais
risos na rua)

A AGULHA: LIÇÕES

Um súbito botão
que livre se soltou da minha blusa
bastou —

— e olhei-a brevemente,
ela esperando a linha,
em demora maior
do que a palavra demora
de dizer

Ínfima e cintilante,
quase nula em espessura de folha
transparente,
a sua servitude a nós:
de uma amplidão
sem nome:

Da proteção ao frio
à fissura do belo,
o abismo de termos resistido à nudez
recíproca e privada

e assistido depois, ajudados por ela,
ao corpo abençoado por calor

e cores, texturas mil de espectro largo,
o que nos faz humanos

Não mais do que isto,
nós?, a pergunta do velho rei
a estender-se por séculos

E muito, muito antes,
Cristo a falar ao jovem rico:
vai, vende o que tens, dá a quem nada tem

Pois para isto também ela serviu,
doméstica e sublime:

dizer do mundo e suas desrazões,
ensinar que é mais fácil um camelo
atravessar o fundo de uma agulha
do que um rico ingressar soberbo e livre

no Reino dos Céus

ESTUDO POLÍTICO

Sobre a minha cabeça,
neste café em renovado estilo,
um candelabro carregado
de pingentes longos

Estalactites de vidro transparente,
eles refletem a luz branca das lâmpadas,
refletem-se nos vidros dos armários
inusuais para café normal

Não os vejo ao escrever,
mas basta erguer levemente a cabeça
para que eles se afirmem,
pálidos e imóveis

Se houvesse um terramoto,
será que bateriam uns nos outros,
um som mais rude que o som de cristal
porém música própria,
igualmente mortal, destruidora?

Mas assim, como estão,
nada os perturba nem lhes permite jogos
de partir: paralelos e sós,

não se diria que são do candelabro,
que sem eles a luz
seria menos luz

Sobretudo, que bastaria a falta
dos pingentes centrais
para que a simetria se perdesse:
sem esses, mesmo com terramoto,
os outros não teriam a força de se unir,
seria quase a calma que é agora

A única diferença é que eles dançariam.
Mortíferos e belos.

Mas sem música —

O JOGO

Pousei-o aqui, sobre esta rocha,
ao tabuleiro

Vamos jogar xadrez

Falaremos de coisas tão sérias como o mundo:
de como duas folhas,
ambas filhas do ramo que as criou,
são tão diversas entre si quanto filhas humanas,
em cada uma: irrepetível impressão vegetal

Ou de como a distância que as mantém
tem uma perfeição tão límpida
como outras coisas que habitam o universo,
desde o vazio até ao filamento mais longínquo,
que de espécie de luz
há de ter sido feito

A cada movimento que ganhares,
poderás perguntar-me «mediste essa distância?»
E eu responderei «não sei
medir a pausa entre a vida
e a morte»

Serás magnânima, imagino,
e, nessa tua clemência,
eu irei distrair-me.
Tu aproveitarás para dizer: «em casos destes sérios
não há régua ou compasso»

Talvez consiga eu vitória ocasional,
talvez, e poderei então,
movido algum peão, algum cavalo,
perguntar-te: «e o amor?»

Já sei que fingirás que não ouviste bem,
porque tu mentes,
ou antes, és mestre na ilusão,
e eu, imaginando que venci,
moverei a rainha

E as folhas que serviram de conversa,
a rocha, o tabuleiro, e todas as palavras que dissemos:
igual a sal tombado em gota de água:
diluídos em pó nebuloso
de estrelas

E tu, feita infinita paciência,
esperarás, escondida pelas dunas,
por vítima mais pura

ou poesia mais bela —

DOIS CAVALOS: PAISAGEM

Estão lado a lado,
naquela praça em frente da igreja,
nesse calor de quando o mundo oscila
na linha de horizonte,
e o rio quase defronte:
uma miragem

Estão lado a lado,
sujos de pó, as cabeças tombadas para a frente,
unidos pelo jugo desigual, a carroça apoiada no muro
mas pronta a ser unida aos corpos deles

Estarão feitos assim: velhos amigos,
os corpos encostados mesmo neste calor,
pela aliança muda?

Arreios, cabeçadas, todos os instrumentos
do que parece ser mansa tortura
mais o freio, ou bridão,
parecido com aquele colocado na boca das mulheres
que desobedeciam,

e era isso há muito tempo,
pelo menos quatro séculos,

ou semelhante ao que se usava
nos escravos, cobrindo-lhes a boca
para que não se envenenassem,
porque se recusavam a viver
escravos
e era isso quase agora, no século passado

Mas eles não criam caos nem desacato,
não se revoltam nem tentam o veneno
se o freio agudo lhes fere, pungente,
gengiva, língua, osso

Só se encostam quietos, um ao outro,
cabeças derrubadas para a frente,
à espera do chicote
que chegará depois com a carroça, pronta
para a entrega das coisas
humanas, o comércio

E é esta a mais perfeita
das colonizações

EXPERIÊNCIAS E EVIDÊNCIAS

Quando eu era menina,
fazíamos na escola uma experiência
com dois ímanes
e uma folha de papel

Era uma dança estranha
e fascinante,
a do íman pousado no papel
obedecendo ao outro, o encoberto,
um hércules de força
misteriosa

Durante muito tempo
acreditei
que o magnetismo era uma coisa
de homens sábios, aquele papagaio
de Benjamin Franklin ficou-me na memória:
o papagaio voando,
e de entre as nuvens, o relâmpago
e a promessa de aprisionar a luz

Eu não sabia então que só há poucos anos
pôde a primeira mulher
usar um telescópio de excelência,

provar a existência da matéria negra
na beleza do movimento angular
das galáxias

O interior da História
repelido por séculos,
o corpo em negativo de tantas antes dela:
um grão de areia
de encontro ao negativo do deserto
— durante tantos séculos

E contudo, moveram-se,
uma dança de carga positiva voando
no papel, como invisível é a maior parte
da matéria, mas existe

(Está mais do que
provado)

INTERVALO

A LUTA

Para Marinela

Era uma vez,
num quarto de rapariga,
uma gaveta cheia de livros
permanentemente ameaçados
pela possível ocupação
de um enxoval.

Que fazer?
Deixarem-se continuar sossegados
à espera que lençóis tontos
e toalhas inúteis
lhes viessem invadir o território?
Lutar pela posse dos direitos
tão arduamente
conquistados?

Fez-se um plenário,
única solução nestas questões,
mas não havia maneira
de chegarem a acordo.
Bem veem: quando o problema
é de ordem geral…

Exaltaram-se os ânimos.

O Estrangeiro,
que não concordava com formas
violentas de atuação,
agrediu *O Principezinho*
rasgando-lhe sem dó nem piedade
as folhas centrais.

O *Frankenstein*,
adepto de uma marcha silenciosa
e orgulhoso portador de capa plastificada,
rasgou violentamente a capa colorida
de uma antologia poética francesa
que, pela desigualdade de circunstâncias,
nada mais pôde fazer que gritar um alexandrino,
de modo patético
e comovedor.

No fim,
ninguém escapou ileso.

Secretários, oradores,
exibiam num misto
de sofrimento e orgulho
cicatrizes gloriosas.

Até Édipo, o Presidente,
numa altura em que pedia calma,
foi despojado da sobrecapa
e arrastado mais de dez centímetros pela gaveta

onde ficou inerte, de folhas abertas:
quase inutilizado.

Agora, o problema não era
o invasor, mas a divisão interna,
os ódios recalcados.

O que interessava agora
era sobreviver,
ser livro.

Isso
compreendeu-o a edição
traduzida e anotada de *Hamlet*,
que, esquecida a um canto,
observando
com olhinhos piscos
a turba ululante, murmurava:

Ser ou não ser, eis a questão,
Ser ou não ser, eis a questão.

SONETO DO NAVIO E DO PAVIO REAL

Quão curto, meu amor, parece este pavio
que, embora arda de ti, tão longe está do mundo.
Só no verso te toco, te crio, te recrio,
mas sou como navio, proa a rasar o fundo.

Porque tu não és tu, aquela que existiu
em verdadeiros corpos e tempos e lugares,
por quem eu existi, bebendo chuva e frio —
mas tu estavas ali, nesse lugar de estares.

Agora, este pavio não se acende de vida.
Nada se inflama a sério, é só reflexo leve,
e eu falho aqui sozinha, carne, suor e folha.

(Boa comparação seria a de uma rolha
falhando mar, garrafa e a sua boca leve
e fazendo do vinho mistura meio ardida.)

ODE AO CIGARRO

1.

Se te sustento em minha mão direita,
doce caneta que por anos tantos
me vens acompanhando sem sossego,
e mal te encosto muito levemente
ao preclaro papel que te segura
e te promete erótico aconchego,
logo a minha mão esquerda se estremece
em mil ciúme de esquecido ausente
e sem pudor exige, mais que pede:

«Se essa malvada pode ter caneta,
eu quero ter esse papel fininho,
parecido a ela, e fálico e urgente,
que arde e se vê, mas tão devagarinho,
que aquilo que acontece quando toco
entre aquele que tenho entre os meus dedos
e o outro, o do erótico aconchego,
é segredo de alcova e de papel:
nu'a mão sempre a pena e n'outra ele.»

Oh, como és infeliz, caneta minha,
na falta dele, quando, protegido

entre dois dedos meus se ensoberbava
e me soprava o mel de novo livro,
me fazia sentir senhora e livre
e ver o sol explodir em fumo imenso.
E o tempo se aquietava finalmente
adormecido em poluído excesso
e eram aos deuses cinzas ofertadas.

É triste o acordar, triste este tempo
sem galáxias nem folhas luminosas,
as que alumiam como guardião
de poema romântico inglês.
E eles aí estão, à minha frente.
Tão frágeis, vulneráveis se apresentam
na sua roupa de cartão dourado,
agasalho de cor e macieza
e uma pequena tampa a apetecer.

Tanto tempo de vida aqui dormiram,
me empacotaram sonhos e tristezas,
fui, no papel da sua companhia,
um fogo ardente e sarça verdadeira,
robusto verso e fôlego encurtado.
Amigos os mantive sempre à mão,
entre medos e raiva e alegria,
na angústia entre os meus dedos: o pretexto
para eu os seduzir e eles a mim.

Por isso agora, em vez de voz terceira,
a eles falo, e uso a voz primeira.

2.

Sei que não posso ter-vos outra vez
entre os meus lábios como fogo ardente,
que agora é tempo de cumprir o ar,
ser de pulmão o mais eternamente
que consegue o humano, ou seja, uns anos
a prolongar um pouco a minha vida.
Mas sonho em fantasia de piano,
esse *play it again* tão displicente.
Que eu morro de vos ter, mas de não ter-vos
morro também em mil saudade e nervos.

Sem vós, sei que o perfume é mais perfume,
e cheiro até a terra que se ajusta
àquele vaso e tem o mesmo cheiro
de uma infância feliz e já esquecida.
Mas dói-me a vossa ausência como gume,
trocaria por vós todo o perfume —
E o verso se dilui neste tormento
de não vos ter aqui como alimento
de alma, de canto, de mão e de poema.

Oh, pobres, pobres, como estais calados
mas como *segredais* — desassombrados!

DAS SAGAS E DAS LENDAS: PEQUENÍSSIMA FÁBULA DO CONTEMPORÂNEO

Para Ben

O seu nome era Octavius,
que quer dizer oitavo em descendência,
um nome que serviu muito depois a homem de mil rostos
falar do mais volátil: os humanos ofícios nas marés
que, quando aproveitadas, conduzem
à fortuna

Casou com Agripina, herdou tribuna,
tiveram filhos, terras
que lhe herdaram o nome —
o nome dele, que o nome dela de pouca serventia:
nem rito de passagem

E a linhagem (parecia)
foi clara e sossegada

Astrid veio uns séculos depois, em embarcação esguia
coberta de plumagens e dragões,
desembarcou com Igor e guerreiros,
ali chegados não só para pilhagem
de terras e mulheres, mas para as bem lavrar
(às mulheres e às terras)

E límpida (parecia)
lhes foi progenitura

Mas por certo algum curto vórtice de luz,
ou deus de natureza, ou deus qualquer,
não fez perfeita a história acontecida,
e ao baralhar os naipes de outra forma
criou pares novos numa arca nova:

a descendência muito ameaçada,
filhos meio alourados, outros sem cor distinta,
nalguns casos sombria, ou alva como a neve
em baixa temperatura

O filho de Igor: baixo,
íris escura

Igor bramando a Thor e a Odin,
ah, os trovões clamados, Astrid sussurrando-lhe
ao ouvido, dizendo-lhe nem sei, não compreendo
como aconteceu, mas ele era tão hábil e gentil,
tinha uns olhos rasgados, falava-me de estrelas,
e o seu perfil, um pouco estonteante,
e tu estavas na guerra —

E um dos filhos de Octavius, seu herdeiro por lei,
com olhos muito azuis

ah os murros fincados sobre a pedra do lar,
Agripina dizendo-lhe nem sei, perdoa, meu amor,
não compreendo como se passou,
mas ele tinha tranças e eram louras,
e chegou devagar, não fez estrondo de trovão nenhum
(como disseste que eles sempre fazem)
e trazia uma pedra cintilante, dizia ser o deus
que o protegia e que o acompanhava,
e tu estavas na guerra —

E assim por aí fora,
assim deve ter sido, assim foi,
de certeza mais segura

Célticos imigrantes, africanos, alguns árabes
fugidos sorrateiros do fim do continente,
mas que a lenda parece ter esquecido dos efeitos futuros,
e quanto a isso tentou ser
obscura

E godos, visigodos, pictos, germanos, hunos,
alguns casando por amor e terras, outros por terras
e talvez amor, outros porque ordenados
pela ordem das terras e dos usos,
mas na verdade amando o vizinho do lado
em vez da doce esposa, alguma esposa
ansiando das ameias a aia cumpridora e desejante —

mas todos dando filhos, pretexto para saga,
mais tarde literatura

E sempre eles em guerra —

Ah como sabe bem,
como é reconfortante
pensar que nesta circular e comum terra
há os limpos e puros!

OUTRAS PAISAGENS: MUNDOS

LIÇÃO DE HISTÓRIA

Irreverentes como nuvens,
falamos de horas que não vimos,
e julgamos deter
a força do saber pela experiência
ausente

Esquecemos que o poder
de ler passado
nos é dado por ilúcidas visões,
pontos de vista curtos,
soluções viciadas

E como grandes nuvens
atravessando o céu,
ignorantes do sol que vão cobrindo,
exibimo-nos claros
e seguros

Não lembrando porém
do saturado ar
das frias frentes em condensação
das simples leis
da física

IDENTIDADE

1.

atrás de nós
os mastros

à nossa frente
os monstros

e na parede
os astros

2.

em que parede
os astros

se atrás de nós
os mastros

e à nossa frente
os monstros?

AS CORES DA SERVIDÃO

1.

Entrou no avião para a primeira fila,
e era loura, mala de mão
macia em boa pele

À sua frente, e jovem como
ela, o marido elegante e confortável
na cor da sua íris internacional

Atrás dos dois, na fila de embarcar,
e era quase menina, uma criada,
touca branca e bordada
e uma criança
aconchegada ao peito

Eram, em provisório, senhores dela,
os donos do seu tempo e vida,
gestos sagazes como linces
jactantes de poder

E negra, ela, sem caminhar suave
de gazela, sentou-se com o filho que era
deles na fila mais ao fundo
do longo corredor

2.

vestida de criada, não era
carnaval, era real, a touca
e farda de moderna escrava

dos seus donos, embora
transitórios, olhos de lança
fitando uma gazela, olhar

que haviam de passar
ao filho, descansando pesado
de encontro ao corpo dela

A GATA: DA LIBERDADE

Aprender pela minha gata
o tom da liberdade:
o estar quando se quer
e o não estar quando não
— de coração sombrio
a feliz coração

em ronronar.
Ah! tanta brandura há
no seu bem-estar sem estar
exatamente

como eu.
O pesadelo ausente
da forma de se estar
contente: uma alegria
de ser gato

ou gente.
A tristeza banida?
E o tom da liberdade?
Feliz a tempo inteiro,

a minha gata?
Mas como, se as paredes
são fechadas e as noites de miar
uma utopia?
Só no telhado e em pura nostalgia:
o cheiro

a tempo
verdadeiro.

A GUERRA

No corredor
as tuas botas pretas
arrumadas,
desfasadas porém
do espaço certo

Um corredor
não é lugar de botas:
ínfimo na passagem,
ele sugere ideias limiares,
partos de movimento,
idas e voltas

Desmembradas
do espaço que deviam,
as tuas botas
condensam o desvio
na arrumação cruel

Mas na função
de vida
dizem também
das léguas
que não és

CIRCOS E HISTÓRIA: DILEMAS

Esse pequeno urso de loiça vulgar
que vive na prateleira baixa da estante da sala,
é todo branco e tem um ar
a apetecer feroz

Só a língua vermelha
destoa do tom igual da cor
e só por ela eu consigo, na minha miopia,
distingui-lo daqui, cintilante a esta luz
de fim de tarde

Posso quase imaginá-lo entre arvoredo,
espiando o gato preto
acima dele,
feito de loiça cara
e tão maior em peso e em tamanho

Se um ataque se desse,
teria de fazer estranho desvio, o urso,
porque o gato lá está, prateleira de cima,
degrau de regalia,
e desejando subir mais alto ainda

Nem por magia (se aqui magia houvesse),
o meu urso plebeu o venceria

Devia até o oposto acontecer:
a vitória do gato, colossal,
ciente do seu privilégio
de casta

E eu, como num circo antigo,
pergunto-me se teria coragem de pedir clemência
para o pequeno urso,
se não seremos todos capazes
de matar ou de deixar morrer,
apetecida ocasião,
e vulnerável:

junto de nós:
em sala, arena, uma floresta, por exemplo,
o mundo que sabemos,

um país —

COMBOIO PARA CRACÓVIA

A cor que se desenha
e esvai numa breve e infixa rapidez
de branco quase a quase branco
quase branco
deve ter sido igual à que eles viram,
por entre as frestas do vagão, o ar
ausente, a viagem em direção
ao nada

As bétulas
hão de ter respondido em indiferença
do quase branco quase dos seus
troncos ásperos, enquanto, infixo e breve,
o comboio seguia

as faixas do presente
insuportavelmente
sufocantes

Cósmica, a luz que deflagrou
decerto num céu cinzento igual
não os ouviu
nem gritos nem gemidos,
a sua compaixão tão improvável

como improvável seria um beijo apaixonado
dentro daquele simulacro
a carruagem

Passaram levemente
por aqui,
lado a lado ao ruído de metal dos carris

e sombra
de memórias

Era de Angola e negra a minha trisavó,
encontrei outro dia o seu nome no verso
não de poema disperso por gaveta,
mas de papel impressionado
a luz e a cristais de prata

Foi o seu filho quem lhe escreveu
o nome na fotografia, em gesto de memória.
Lembro-me dele ainda, vagamente,
eu muito menina e ele quase cego,
tocava violoncelo, esse meu bisavô,
falava devagar e num ritmo
incerto e delicado

Estão desbotados ambos por idades,
fotografia e a minha trisavó:
o seu cabelo branco em caracóis
(ínfimos olhos de ave tropical),
uma pele muito lisa que lhe invejo, eu
que lhe herdei o nome, mas não a macieza
e cor de pele

Podia a minha filha revelar
pigmentos transmitidos

por essa mulher doce,
como dizia ainda a minha avó,
mas os olhos azuis da minha filha
vieram-lhe de novas impressões

O pigmento lançado pelo tempo
de ADN comum
chegou à minha filha
em camada invisível: num figmento de pele
imperceptível, uma herança de voz:
música de korá mais do que violoncelo
em ritmo europeu

Não se extinguem de fato os vulcões,
antes hão de abrigar, em comoção de luz,
reimpressões de nós
tingidas pela música de eternos filamentos:
pássaros que algum dia, a cópia nunca igual,
mas de tal gloriosa imperfeição
que o voo lhes é asa —

SOPROS

BURACO NEGRO: O SILÊNCIO DO ESCURO

Olhar a escuridão
do não visível,
imaginá-lo aqui,
nesta fotografia
de jornal

O colapso do tempo
sem conclusão de espaço,
pequeno abismo
agasalhado
em lume

Os portões do inferno
no anel que o rodeia
e dentro, nada:
a pura escuridão

E nós, borboletas na luz,
moscas defronte a vidro
zumbindo na atração da paisagem de fora,
teimando entrar no vidro
ignorantes da sua transparência

Imaginar
o rosto de um tritão,

a escama mais brilhante
e mais remota
de um corpo de sereia

que existe agora para nós,
real,
bebendo a luz do sol,
a luz de nós,

e deixando-se ver
como uma antena
(mesmo em vulgar papel)
da história
que nos diz —

IA

parei-lhe o coração:
soltei-o da corrente
assassinei-lhe
inteligência certa

se ele ressuscitar,
o transplante será
por minha mão:

não pelo seu desejo
de ser gente

A BALEIA: DO CORAÇÃO E DA BELEZA, PERSPECTIVAS

Era muito mais alto do que eu
aquele coração reproduzido em tamanho real,
no átrio do museu

Feito em fibra de vidro,
as circunvoluções de um rosa-escuro
por onde entravam crianças e saíam,
brincavam como em parque
— que eram amplas as curvas
desse coração

Túneis por onde
a vida viajou, um coração cortado pela diagonal,
mas intacto no tato, o seu original não sei se nunca, não sei
se alguma vez partido por amor

No teto, sustentado por grossos cabos de aço,
já não cópia fiel,
mas o esqueleto real (que um dia
o acolhera, ao coração)

de uma baleia-azul

O nome herdara-o ela
da cor do oceano que nos fez comuns,

nos embalou um dia, a nós ainda não humanos,
quando viemos dele
arrastados na areia: minúsculas serpentes,
a vegetação densa, um céu pesado, traçado
por relâmpagos e fogos,
a barbatana quase braço, a guelra quase
ouvido, ainda não, e o resto por fazer e tudo
por amar

Tosca depois a linguagem nossa,
a dela, música aquática lembrando o som do sangue
a latejar, o que invadia então o coração ainda vivo,
quando a vida irradiava em mil pedaços,
explodia no planeta,
rasgava as linhas todas impostas pela aridez galáctica,
galgava impérios por haver e por tombar,
e concebia lentamente
a beleza que vi nesse museu:

um cemitério de ossos por esqueleto,
epitáfio que o tempo amordaçou,
por sobre o coração, facsimilado e
nu

E dentro dele, as vozes e os risos
dos filhos dos humanos —

O SOPRO

A mulher sentada à minha frente
brinca com a carteira —
distraída

Gira e revira a asa
da carteira,
enrola-a entre os dedos,
volta após volta

Como um pássaro breve
e dançarino,
a asa da carteira ganha vida
nos dedos da mulher

A carteira é azul e o fecho é amarelo,
a mulher é velha,
a saia desbotada, uma blusa cansada
e também velha, usa chinelos

Mas brinca com a asa
da carteira
num ar feliz de criança ou pardal,
sem se preocupar com as pessoas sérias
de mãos serenamente,

seriamente pousadas sobre o colo,
lendo quietamente o seu jornal

A mulher sentada
à minha frente
brinca com a carteira,
distraída

Distraída, a mulher? Ou a carteira?

fazendo piruetas,
volteios elegantes, curtos passos de dança,
ao dar-lhe o sol de lado, na cabeça,
a mulher fica quase bonita
no seu ar distraído de criança
ao dar vida à carteira,
que dança

distraída

no seu colo

MARCAÇÕES

A minha árvore está livre,
vejo-a daqui,
os ramos oscilando ao ritmo
dos meus passos

Como cadeira antiga
que não precisa nome, assim
é ela: minha,
e a ela aporto
como navio, agora

Convocaria exército de abelhas,
batalhão de formigas do fundo
do jardim, se sentisse
outro corpo?

Imagino-a cantando, dizendo
que está livre, se preparou
para me receber

Acaba de lançar
miríade de folhas sobre mim,
oferta descomposta pela cor,
e o hino atravessado a negro

que lhe faço
ficou mais rico na poeira de oiro —

tal como a minha camisola branca
que seriamente exibe
as suas manchas, o seu cheiro
de morte anunciada:
esse cansaço bom depois do amor —

ou êxtase de outono a ser

A CASA E O TEMPO

Não, não foi o tempo que perdi, nem o relógio,
nem nenhum livro,
nem sequer o desejo de escrever

O que perdi foram os versos
que há um ano escrevi
sobre esta casa

Escrevi-os num papel
que mais tarde perdi. E agora,
na memória, não são os mesmos versos:
e eu tento, sem saber, ler as imagens
suspendidas
dos versos que perdi

Recordo a casa que não era uma casa,
mas muitas casas dentro —

e muitas casas fora,
ou seja, esse jardim,

que não era um jardim como qualquer jardim,
mas, estando junto ao mar, tão perto dele,
lembrava algas e coisas de vento,

era quase uma casa para o tempo pensar,
esse jardim

Nas muitas casas dentro
da casa que não era uma casa qualquer:
paredes de palavras, uma radiografia ao lado das palavras,
testamento do corpo provando a equação da energia:
o relativo tudo, fotografias,
escadas inusitadas de subir,
e aquela cadeira estofada de vermelho
lá ao fundo, entre Cristos, pinturas, corredores,
sítios escuros de fora e mais de dentro,
e um candeeiro verde-água, muito belo

Um mundo a negro e a cores,
onde, parado, o tempo junto à casa se instalou —

Perdi já não sei onde
os versos que há um ano escrevi
sobre esta casa,

mas há molduras que não dissipam nunca
o rosto ou aguarela que resguardam

FALANDO EM LÍNGUAS

Em Praga, descobri um café
sem música nenhuma a ameaçar-me as musas,
só as vozes humanas
vestidas de uma língua que não sei,
de declinações tantas e muito
fricativa

À minha frente, dois jovens desatentos
a tudo o que não seja pele e olhar,
nesse desejo inconsequente e belo
de acolher o abismo,
de ser um corpo só, uma só alma
(ou isso que chamamos ao que
nos sobrevoa)

Foi partilhada a fatia de bolo que pediram
em êxtase comum,
neste café deste pedaço curto da cidade,
e a língua de uma música tão estranha para mim
vestiu-se de paixão,
foi declinada com os dois sorrindo,
comendo o bolo, seria doce e bom,
mereceria *Magnificats* quem sabe,
decerto o olhar deles, sim,

porque daqui, do canto do café onde me sento,
sou ignorante
da língua e dos costumes,
mas não o sou do amor

Podia o bolo ser moldado entre ovos
sem sabor, farinha muito rude e pouco fina,
que lhes havia de saber na mesma
àquilo a que chamamos paraíso:
um corpo em sobressalto e a língua
a apetecer palavras generosas,
como *beatífico* ou *resplandecente*

E a gente toda sentada a conversar neste café
sem música, a cidade, o céu já a escurecer,
tudo agora à volta deles ganha um halo
de luz

QUE SERÁ, SERÁ: MUNDOS DEPOIS

Till time shall every grief remove
With life, with memory and with love,
diz a lápide que encima a sepultura
de Burton e Virginia Doris

e está no cemitério de Swan Point,
um dos mais belos cemitérios da Nova Inglaterra,
famosa pelos seus outonos, a sua gente amena e grave,
ou ainda uma poeta que disse ter a morte
amavelmente parado para ela

Quarenta mil residentes tem este cemitério,
alguns ricamente instalados, mármores e asas,
anjos a protegê-los, outros só um brevíssimo
quadrado em pedra,
e, salpicando a terra, de vez em quando uma bandeira
americana, e ali está um soldado, é decerto
um soldado assassinado jovem

Os versos da lápide são de Thomas Gray,
o poeta inglês que escreveu essa longa elegia
à preguiça maior

The paths of glory lead but to the grave,
previne o poeta, porém, não são da elegia

os versos da lápide de Burton e Virginia, mas de um epitáfio
que Gray fez a Mrs. Clarke,
uma amiga hoje esquecida pela lassidão do tempo,
verdadeira prova morta
daquela sábia advertência

Viajaram da velha para a nova Inglaterra
os versos de Thomas Gray, alguém da família Doris
quis usá-los como inscrição para recordar
o casal nascido há já dois séculos

Ou então foi o marido ou a mulher
quem escolheu os versos
quando o outro morreu

Ou os dois os escolheram, quem sabe,
numa noite de um Janeiro da Nova Inglaterra,
a neve lá fora, o silêncio do frio e da neve
a cair, falando da residência que iriam habitar depois,
estreita, insonora, perto de um rio eterno
em que ambos decerto acreditavam

Whatever will be, will be, teria Virginia
sussurrado, deitada ao lado de Burton,
em preguiça feliz pelo calor de um corpo amado

e vivo —